詩集

琵琶

川田絢音
Ayane Kawata

アーツアンドクラフツ

目次

詩集　琵琶

I

白昼

何枚もスカートをはき
どこから歩いてきたのか
窪みの水辺
地面にダンボール紙を敷き
端正な中国語が洩れて
居ない人にしずかに述べている

マオリの人

深夜の道路清掃人に
長距離バスの事務所を訊ねると
このごみを捨てたら案内します
と接してくれた
マオリの人の眼に
助けてと言いそうになる
翌朝
こおろぎの降りしきるモーテルの地下室で

こおろぎにかかえこまれて
眠る

匕首のような

なにか探している
鵜が鳴きながら路地を歩いて
そこで光るものを失くしたのだ
鵜を見とどけ
アラブ人のこねるお菓子屋の
隣りの棟に泊めてもらう
辞書も失い
挨拶しかできないが

その人も膝を震わせ
熱くも冷たいアラブ語
匕首《あいくち》のようなひと夜の鍵を渡される

ヴァイマル

ガード下の管弦の二重奏に
コップの水を振るまわれる思い

つながったもち米はどこから食べるのか
伏向いて米を噛み
もうおしまい
と道端でアジアの気配を味わう

とうの昔に
機器と数字のひびきに
数羽の鴉が首を吊った

ベンチ

野猿の声はとどかない
耳のとがった男が崩れるように
ベッドも机も失くなれば
すがるのはベンチしかない
泣きしずみ
藁をもつかめと
ベンチは神経よりも強靱

街は朦朧

花屋で
毛氈苔《もうせんごけ》大かぼちゃ透かしほおずきが売られる
数日ごとに泊まるところがない
情緒なく臆面もなく襲うものに
惑わされてしどろもどろ
覚悟できない
犬もいない

暑さのなかの冷えびえしたひびきに巣をつらねて
人と蜘蛛と口をつぐみ
街は朦朧

II

お顔

妹がなくなったと告げても
母のお顔は動じない
知りぬいて
窮されることがない
あと先のない霊魂に
おちつかせていただき
さざ波だつほほえみに
掌のとどかない死と生をお願いする

野雀が
お顔を追えば
あたりに種子　枝という枝

飢餓

木槿のように白い半透明の頭蓋骨が
妹のいのちを護っていたとは思えない

動転し
不問に付して大きなうねりにさらわれる
ぞっとする怒濤が崩れ落ちて
暴風雨の残骸

掌を垂れて
まっくろな飢餓

ゴッホの麦畑へ

街は屑籠
渚に破船の板切れの打ち寄せるとき
妹は意志をはばまれると感じ
突差に言葉がでなかった
軀を支えられなかった
今だ
と判断し
犯されることなく

ゴッホの麦畑へ向かったのか

クロウタドリ

夜ごとの死のあと
暗いうちに呼びかけあい
まだ連絡がとれる
たったひとりのひととと像もことばもなく
声で打ち明けて
宙に染みこませる

夢

石よ　叫ばないで
広がる原に雲も枯れ
魂はここにまじりあって震えているが
生きてゆけないわたしたちのいのち

沈みつきるのも共に
オブジェ「ふたりの舟」に
鏡のかけら　鉄屑

小石を翔ばせた

妹よ
空が赤い
魂が成長するのか

波

刃が光って
ゆるむことのない悲しみ
息をつかせない定めのもとに
あっと超え
眼射しと声をそそいで地にすべりこみ
胸にまで来た水に運ばれ
生死もわからない揺らめきで
妹が招く

つぶて

深夜の廊下で
つぶての魂が肩にあたったあのとき
妹はあっとわたしの内にすべりこんだ

ひとしお　おだやかに
ひかり揺さぶり
生きていたかったと訴える

みなぎる最後の手紙を撫でていて
沁みて透っていくと
生まれたばかりの妹に逢いに行く馬車
引揚げ船で見守る五歳のわたし

琵琶

なにも見つけようとしない無時間の雲が
果てというところに浮いているのか
転がり
這い上がりして頭を覆う襤褸《ぼろ》の白雲
妹に教えられた
まことの雲は苦しい

迎え入れよとみずから歌い打ち
琵琶が折れない
真下に低くしずまろうとはしない

松の情け

ああ
思いははげしく
いのちを超え
死のいのちを超えて向かおうとする
夢のようなことだ
くたくたにならなければしずまらない
拾う石もない
ただ息をして

今日　松を感じた
松は生きもののことを言いきっている

行こう

そそぎあい
ゆだねあって
胸の葉に露がこぼれる
ふたりは同じことを感じていた
別れについてひとことも触れなかった
先へ
行こう
土が赭《あか》い

心は明らか
あなたの霊はみずみずしい

川田絢音（かわた・あやね）
1940年、中国チチハルに生まれる。59年、神戸高等学校卒業。62年、武蔵野音楽大学中退。69年、イタリアに行き、現在に至る。2015年、詩集『雁の世』（思潮社）で第23回萩原朔太郎賞受賞。

詩集《ししゅう》 琵《び》 琶《わ》
2025年3月25日　第1版第1刷発行

著　者◆川田絢音《かわたあやね》
発行人◆小島　雄
発行所◆有限会社アーツアンドクラフツ
東京都三鷹市下連雀4-1-30-306
〒181-0013
TEL. 0422-71-1714　FAX. 0422-24-8131
http://www.webarts.co.jp/
印刷　シナノ書籍印刷株式会社

落丁・乱丁本はお取り替えいたします。
ISBN978-4-911356-04-3　C0092